慕远

成思 著

作家出版社

作者简介

成思，字长忆
1986 年生，江苏南京人，祖籍盱眙
影视导演、编剧
毕业于北京电影学院

中学时代开始创作现代诗、散文，发表于《同学》《扬子晚报》
等报刊杂志，创作小说发表于江苏广播电台《子夜聊斋》栏目。
大学毕业后自学格律诗词及吟诵。

自　序

辛丑年，霜降夜，别南国，向北行。

航班起飞，越琼州海峡，过新会崖门之上。舷窗外，云雾渐浓，昔日景象浮现脑中，可见四十四岁的陆君实背起八岁的赵昺纵身投海；可见四十七岁的文忠烈面朝南方，从容就义。我听着徐健顺先生吟诵的《过零丁洋》和《正气歌》，作下新诗《长河忆少帝》，至此，便完成了诗集《慕远》的全部诗作。

长久以来，工作之余唯旅行与诗书相伴，每逢此景，多生感慨，遂以咏怀，追忆先贤。

《慕远》是我的第一部诗集，特别感谢作家出版社，让我有机会把多年习作与读者分享，感谢我的父亲、母亲，让我自小与诗词结缘，感受文学之美，从而对历史、汉字、音韵产生无比浓厚的兴趣。诵经典，读人心，辉煌的中华传统文化该如何传承？作为生于盛世的后辈，更要为往圣继绝学。

五岁开始，母亲便一字一句教我背诵近体诗，怎奈顽童厌学，整日鹦鹉学舌，不求诗之深意。进入青春期，逐渐产生强烈的文学创作之欲，深感书到用时方恨少，那时虽然发表过一些稚嫩的白话诗，却怎么也写不出"古人那样的诗"来，我认为那样的诗才是美的，可完全不知从何处入手，更弄不明白何为格律、对仗、韵、词牌、曲牌……惊叹，我们的汉语竟是这般复杂。

后来上了艺校，接触到"朗诵"（也就是上世纪二十年代传入中国的、目前比较有争议的、使用三声四调的当代口语、删除旋律、套上英语逻辑来强调外在情绪的西方朗诵法）。那种约定俗成似的"中西结合"式腔调令我更加困惑，特别是"朗诵古诗词"，为什么那些在文字上看起来多姿多彩的经典诗句读出来（或者是表演起来）却是那样单调无趣？为什么朗诵七言绝句尽是"上四下三"这种千篇一律的节奏？为什么有的古诗读起来并不押韵？特别是那首著名的《将进酒》，为什么同学们一开口都那么奇怪？那时我想，读唐诗应该得用长安音才对吧，便请西安的同学用家乡话读来听听，这一读，不仅更难听，连韵脚都跑没了。（后来才明白，现代陕西话和唐朝官话八竿子打不着，真要穿越回去，也许只有闽南人和客家人才能和太白勉强对话吧。为当时的无知感到惭愧。）强烈的好奇心驱使我要重新探索汉语文学的奥秘，且必须静下心来从头学起。从《千字文》《声律启蒙》等蒙学读物到十三经，再到郑张尚芳先生的《上古音系》，统统恶补一遍后，总算有些许收获，便开始对照平水韵表学写格律诗词。

好在自小成长于秦淮之畔，保留大量中古音的下江官话让我很快分清了汉语古四声和普通话的区别，上古汉语、中古汉语、近古汉语、大清官话、老国音、新国音……惊叹，我们的汉语竟是这般博大精深。

大学毕业后，因工作需要录制了不少诗词朗诵，有古人写的，也有自己写的，我用四声八调的中古音，也用九声六调的广府话。可朗诵多了，问题又来了，这些诗词无论怎么念，听起来依旧是千篇一律，只是押韵，但一点儿都不美，难道古人写诗就是这样死板？不对，这似乎不该是诗歌应有的读法。

《尚书》有云：诗言志，歌永言，声依永，律和声。那时的我大概也知道，词和曲在古代是用来唱的，诗可能也是吧，但"声依永"到底怎么咏呢？一时无从求解，直到2013年夏，我有幸听到了中华吟诵学会会长徐健顺教授的课程，更有幸亲临伟大的文学家叶嘉莹先生的课堂，一切豁然开朗。

原来，自古汉诗皆吟诵。原来，我们的诗词、文章是用声音来创作的。原来，华夏的音乐就藏在一个个横平竖直的方块字当中，古代的读书人都是自由而浪漫的作曲家。原来，上古时代的四声对五音，就是"阴平、阳平、入声、上声、去声"对应着"宫、商、角、徵、羽"。原来，律诗中的每一联都有不同的断句方式。原来，一百零六韵每个韵部都有属于自己的音乐情绪，有的表达喜悦，有的表达悲伤，有的表达愤怒……惊叹，原来我们的汉语竟是如此伟大！

至此，我才算真正学会了作诗。

诗歌，首先是声音的艺术，之后结合文字的含义，随着不同人的不同情绪，依字行腔，依义行调，咏出韵律之美。三千多年来，吟诵是所有汉诗文唯一的正确朗读方式，是我们独有的中国式读书法、作文法，怎么写就怎么读，不会读便不会写，更别说体会诗文美感了，当然，这个"读""诵"就是指吟诵，可不是今天的"朗诵"。种种历史原因，民国初年时，中英词汇互译出了很多错误，至今难以修正，如南怀瑾先生所言：我们过去就叫读书，现在叫吟诵。

汉字，是当今世界上保存最完好的象形文字，表意、表音、承载历史。汉语，本是世界上最独特的语言，它不同于无声调的英语，乃是五音俱全、具有高低长短的旋律性语言。从西晋末年衣冠南渡至隋统一天下，南北融合，方言交汇，汉语也在此期间完全成为一字一音的单音节语言，雅言作文，文读语音，从古体诗到近体诗，从骈文到制艺，从词到曲，我们的诗文越发丰富多彩。即便今时，我们用现代白话文来作新诗，也不能完全脱离汉语本身的旋律性特点，不然诗无诗味，四不像也，这是我的个人观点。

也是在学习吟诵后，我才读懂了"欲穷千里目，更上一层楼"并非表达奋发图强、登高望远之意，而"大江东去，浪淘尽，千古风流人物"是多么地悲愤痛苦；也是在学习吟诵后，才明白《将进酒》是歌行体，有节律的；也是在学习吟诵后，才感受到《正气歌》中那二十一个入声韵声声震耳，惊天动地。

"一百年过去了，我们一路西行，也该回首反思了。"徐教授的话值得回味。是的，不读四书，怎会读懂汉诗；而不会吟诵，又怎能读明白四书？

留其精华，去其糟粕，把我们宝贵的国学传承下去，正是这部诗集要表达的。我把从中学时代的青春幻想、生活感悟，到当下的旅行见闻、读史心得，整理出 300 首诗作，其中现代诗 270 首、格律诗词 30 首。关于现代诗部分，多为创新尝试，乃亦古亦今之写法，如民国教育家于右任先生所言：体不可拘，韵不可废。即在现代汉语表达方式的基础上，结合平水韵特点，用声音来创作。所有诗均可按照"平长仄短、平低仄高、依字行腔、依义行调"的中国传统读书法吟诵之。

最后，特别感谢宁波市吟诵学会副会长、宁波读书声文化创始人、蒙学推广者孙健中先生为我的几首诗作献声吟诵。

学无止境，与君共勉。

2021年12月10日
于北京

目录

七言绝句

词

现代诗

五言绝句

平流层

纷飞南国雪，
即刻没云间。
一夜风霜尽，
依稀过客颜。

园丁

雨露常滋润，
清风鹤梦知。
宏图多悦泽，
共享谢家池。

绿柠檬

八度秋冬逝，
柠檬树下游。
风驱年少影，
涩果亦无留。

烟波景福门

日暮青天下，
同袍陌路人。
先公何夙愿，
客泪汉君臣。

旅人

柳叶迎风展，
悬铃入梦还。
长河观落日，
夜雨寄钟山。

北方之北

瑟瑟七弦声，
幽幽五国城。
梦华无白首，
何必诉衷情。

吟诵：张夏悦
古筝：高雅楠

寄宿香江上元夜

世外广寒春，
烟波入幻尘。
疑观孤夜美，
追忆梦中人。

上野踏青

流连不忍池，
一步一相思。
久作樱花曲，
长吟野草诗。

山亭会友

夕月升淮水，
山樱落晚霞。
焚香聆雅乐，
击盏斗芳芽。

游学

大道耸云霄，
丘原不寂寥。
迎风追太上，
策马踏虹桥。

七言绝句

漫步岚山

渡月桥边白石生，
天龙寺外洛阳城。
山川异域云追日，
隐逸扶桑小乐棚。

赠别吴正潇

即日秋风度夕阳，

青春幻影锁他乡。

胡尘鹤梦千山远，

故国忧思万水长。

吟诵：张夏悦
古筝：高雅楠

初访早稻田

邪马台中野马眠，
方州月上彩云烟。
唐音不语凄凉事，
只把轻歌锁万年。

少年遐想

长歌漫漫水云舟，
万卷诗书锁白头。
不与苍生争四海，
心追皓月敬婆留。

吟诵：孙健中
吉他：孙健中

那些老兵

断戟冲锋穿虎口，
残刀劈月跨龙潭。
黄泉不过三千尺，
且化钢身作玉龛。

无题

行尸走肉哀声叹，
糜烂昏烟几度生。
不见中都银锭碎，
零星鬼火望边城。

庚子正月初一返金陵

往世春光醉宛虹，

今生掠影屋楼中。

孤城一夜冰清雪，

尽落寒床万念空。

西湖游

南屏山下近黄昏，
血色钱塘拂泪痕。
故国衣冠何处有，
炎波倒映艮山门。

拜文丞相祠

陌室寒光一线天，
蝇虫作伴数流年。
山河日月随君去，
万古春风吐浩然。

吟诵：孙健中
吉他：孙健中

年轮

一夜芬芳一夜残，
此时独享那时欢。
千秋叹咏千秋岁，
几度春光几度寒。

词

浪淘沙·而立

淮水画中流，何处漂舟，潇潇瑟雨落心头。
白露飞霜明月醉，孤赏清秋。

再别少年愁，寒梦无休，半生光景半残游。
黄叶葬花尘意了，独上新楼。

浪淘沙·异乡寒食夜

孤火散阴霾，无色花开，回音阵阵扫冤骸。
梦里故乡升皓月，幻影秦淮。

举目凤凰台，尘满西斋，推窗不见故人来。
萧瑟鬼风灯下舞，今夕谁哀。

长相思·望乡

悦耳音，刺耳音，柳絮纷飞靖节琴。弦歌独自吟。

暮沉沉，夜沉沉，客梦他乡思故林。青春不复寻。

长相思·祭官涌

神一群，鬼一群，荒草凄凄卷积云。行人泪湿巾。

故园焚，乐园焚，梦影唐楼皆落魂。夜鸣何处闻。

渔歌子·归琼崖

南渡琼山跃九门，北游昌水踏乾坤。

勾日月，绘星辰，黎歌叹咏太平春。

渔歌子·沙漠

诸子寒泉暮色长，庸人传道且轻狂。

新乐谱，旧辞章，引来麋鹿又何妨。

相见欢·忘忧

重逢昔日梁园，梦如烟。陌路残花依旧抚清泉。

忘忧草，凋零了，意缠绵。更饮一杯甘冽醉心弦。

相见欢·南渡江头忆金兰

狂歌醉舞金沙，夕阳斜。望断千帆追浪走天涯。

这一别，归心切，乱如麻。更惜青春飞逝叹苍华。

清平乐·过宋皇台

芭蕉戏水，点点疏星醉。月下野芳争妩媚，惊了歌鸲一对。

旧时烽火连天，今宵粉墨朱颜。谁在井中呜咽，行朝仕子衣冠。

清平乐·慕远

苍穹浩瀚，四海浮云散。俯首红尘登彼岸，不念春宵苦短。

古来天下群豪，谁人独守清高。但做八方行者，追风自在逍遥。

现代诗

无名钟

手持奉元历，

登建康府之残壁。

瞭望古道西风，

锦缎，乌衣，杳无踪迹。

冬去冬来，

野草于垛口安息，

铜壶也随中霜沉寂。

踏流云，

人间青黄色，

多少繁梦相隔。

进化

曾在从前燃烧过，
血山之巅黑云朵朵。
四万万咫尺光年，
寻觅荒城一座。

城下夜色迷人，
银花月中闪躲。
恍惚间旧梦缠绵，
却把金风吹破。

也在从前挣扎过，
百合，飞鸽，召唤着我。

白话文

深秋一夜寒，

去日两重山。

故土三生雪，

飘香四海传。

迷离五更月，

隐影六宫残。

宣和七弦曲，

游荡八度间。

空空九霄外，

诸子未团圆。

天柱

摘一片云，
惊了丹枫千百群。
缠绵于钟鼎之下，
金花煮酒，紫夜微醺。

穿一道门，
青灯引来梦游人。
促膝于钟鼎之上，
残河抱月，月隐秋痕。

雨路　夏音

像断层一样的幻影，
似童话一般的初心。
又是暴雨骤落时，
亦是不舍离别期。

计程车在浑水中寂寞前行，
凶猛的"浪花"不断抽打，敲击，
却是奏出这幻城夏日的，凄美旋律，
在我耳边，轻轻泛起……

延年《佳人曲》，
余音多宛笃，

遥知，北方有佳人，
可叹，绝世而独立。

此行难作别，
不忍一去换时节。
雨路迷歌，
残音未灭。

空格

十年了，
重温昔日印记，
我即将远离青草上的回忆，
可能会让呼啸的过客踏平，
那便再来一次吧。
列车孤弃，轨道依新。

碟头饭

食过千层雪，
难知雨花叶。
饥寒梦客倚红楼，
狂饮江中月。

围炉话珍馐，
百味深宫囚。
冷炙残羹迎老饕，
渔火夜光休。

夜暖轩尼诗

碧波千尺，
万火通宵。
最后一卡"叮叮"空空荡荡，
有些疯狂地擦过无数天桥。

我们在霓虹幻影中坐下，
她悄悄倚靠着月柔风娇。
谁能唤醒，
这平行时空下的自在逍遥。

无糖

咖啡因在滚水中翻腾，
又一次擦亮桌灯，
一缕芳醇，
缓缓飘升。

陋檐挡住窗外落寞风景，
看不清小巷深处，鬼魅皎楼，
时光夺走旧时多彩印记，
寻不见错位身旁，青涩双眸。

热气不断偷偷散去，
不晓何时重沸，
一杯苦水，
几番滋味。

怀中固体

怀中揽着一团凝结的血浆，
微小而感觉不到它的分量，
长眠于此，
似乎在与我快活地分享。

而我经过任何地方，
总可听到它的奇响，
惶惶中感到，
原来它在不断撞击我的胸腔。

于是我总希望快些融化，
这团并不能供我生命的血浆，

然而，它的存在早已驱逐任何幻想，
面对我的只是它越发的倔强。

怀中负着一团凝结的血浆，
它开始自由吸取我体内的营养，
四肢无力之后，
只有心脏渐凉。

坐标线

一个孤赏秦淮之曲，
一个独奏太行之音。
无人察觉，
一切呼啸光阴。

他从烟雨江南登上苍凉胡山，
她自汾水之滨漂向黄浦之畔。
他们各行其路，未曾交织，
从繁华无限，到落日残烟。

四九城外，岁月尽头，
十里洋场，灯火安息。

彼时，他们已然邂逅，
此刻，他们素不相识。

一个又在收拾行囊，
一个继续整理衣箱，
今次新途，
坐标一样。

终于，
只剩界碑一座，
他们逐渐相互走近，
即将，擦身而过。

再见 坪洲

彩云似乎坠入了远山，
白鸥应该追上了渡船。
摇曳一海，
已是五色村屋拥抱的泳滩。

手指山头，倾听，
"家安园"中，等待，
昔日伊人渐无踪影，
追梦少年青春不再。

从来身是客，
几番未相逢。

世外之岛，凝视芬华之夏，
遗落之风，吹散青涩之容。

何谓，"知音不复寻"，
自有贤者当年心。
再见，坪洲，
再见，"王家欣"。

凡心斋

湖中古巷，
余波温暖而明亮。
你推开华丽的朱门，
依偎秋夜的迷惘。

孤赏，孤赏旧时模样，
凝听那莺歌舒缓却惆怅。
我拾起耀眼的星光，
书写凡尘的守望。

转弯有落

街灯伴月，
霓虹苏醒。
依旧是这架红色小巴，
疯癫失控般飞向瘦小的红隧中。

海浪在我头上轻拂，
马达在它身下抽搐。
所有目的地，
出口渐迷离。

梦影唐楼处，
《帝女花》声起，

似幻，似真，
胡音雅言共欢喜。

恍惚间，
又道声：转弯有落！
我知道，
这一刻，已是归期。

黑色汁液

那个人的手中，
倚靠着
一支耀眼发光的金笔，
此时斜对着
他那刚完成好的新作。

他并不忙着放下笔，
而是一遍遍欣赏着
纸稿中映出的自己，
似乎又发现了某些新的奥秘，
得意无比。

突然，

手中的笔失手落地，
他惊慌失措急忙拾起，
然而，
只看得一串串黑色密密向下滴，
沉默无比。

只见那扭曲的笔尖，
此刻正对着落满文字的纸面！
而那黑浓浓的汁液
仍顺着笔尖不断滴溅，
像会燃烧的油，也像会凝固的血。

不觉间，
它慢慢遮住了纸稿上的一切
模糊了，他的双眼。

雕刻时光

飞蛾葬花丛，
游船夜泊秦淮中，
平江桥下，
南国金风。

两岸闪霓虹，
余波挥手广寒宫，
晚晴楼上，
寂寞苍穹。

旧时繁华一片，
而今朱漆不见。

街边秋意浓，

谁人行色匆匆。

如是魂，李香泪，

倒映几棵梧桐。

又见碑亭巷

清风拂柳燕晚归，
歌声伴余晖。
金秋古道，
物是人非。

茶楼封条前，
小童悄悄离去，
那块绿色公车站牌，
不知身在何处？

一枝园，如意里，
柠檬树，残阳壁……
十三载寻觅，
往事点点滴滴。

忠烈祠

陋室三分哀，
缤纷梦影来。
流光凄惨，
热血凤凰台。
这一拜，
灰落金花开，
四海追怀。

西元二〇〇六

夜赏三江口，
清莲望深秋。
小月升，萱草落，
天山不见西风留。
一场芬芳醉，
浪走红楼。

西元二〇一六

百合遗香川上结，
心怀浮梦故人别。
黑山下，白烟灭，
薄衾钓残雪。
夕阳中，
如她纯洁。

竹筏

江中逆行舟，

南风北游，

佳音悦耳拭青眸。

人间曲，与君休，

余将别西楼。

梦里边乡外，

寒露轻柔。

太湖游（一）

湖心一梦惊，
寒玉水中明。
浮华几度半生远，
长相苦忆唯忧卿。
但愿青衫落，
与此安宁。

太湖游（二）

在烟波浩渺时，
在群燕南归期，
梦旅他乡，寒云如雪，
红叶成熟，静默幽思，
更有清风乱飞诗。
不觉间，
细雨芳香一池。

冰凌阁

点点滴滴坠入初心，
密密相思七弦低吟。
街灯扫新月，
短诗覆鸳衾。
如故冬霜戏春草，
与她援琴。

前站　启德滨

晨露继续抽泣，
枯叶退却尘埃。
一湾死水，
映照着它前世的阴霾。
五光十色的记忆残片，
已随秋风，疯狂袭来。

拾荒少女

找不到童年的七色花，
年轮已在朽木中安家。
明日街口无雪，
祈祷遗落芳华。
等严冬再次散尽，
希望唤醒，清新枝芽……

丙申　而立之冬

飞雪发枝融，
昨夜残枫。
流光倩影醉胭红。
焚霜泪，望阴空，
往昔亦朦胧。
万里河山在，
赋我云松。

匆匆西湖

金丝映彩穴，
昏山云迭。
落寞天堂拨断桨，
彼岸欢悦。
当年暗香雪，
今时梦飘绝。

柳叶新刀

一朵青莲急促盛开，
两只夜妖嬉闹冰台，
三束逆光蒸柳叶，
四方尘埃……

迷离残花破，
庸脂俗粉来。
朝阳下——
淤泥孤芳自哀。

行囊

那日欢笑当街，
那日朝阳入怀，
零星烛火随卿逝，
飘洒秦淮。
莫愁雨，仁心斋，
岁月无声掩埋，
奔走一行遥路，
祈祷天涯。

诗枷

迷乱诗篇飞散云霄，
错位佳句逐字燃烧。
灵魂枷锁长伴，
怎堪千里迢迢。

重逢后，
却见满街萧条。
痴人立于高处，
小巷寒冷而寂寥。

晚安

子夜都市昏山，
一览空城雪寒。
末了相思曲，
伴饮孤餐。

万物无声封坛，
前方碧海金滩，
深衣倩影，
移步姗姗。

纵使暝途艰难，
惊心风雨几番，
只待明日，
与尔人间。

金陵鲜果园

礼乐奏鸣中，
睡眼蒙眬，
炊烟不滤百香浓。
苦果新鲜酸涩土，
失味春风。

古宅忆相逢，
残阳渡晴空。
满园落叶追花火，
四方飞红。

清风哑剧

焰火昙花一现，
在黄昏消亡时。
烛光视而不见，
如青春断魂期。

舞台上下，
对影相思。

剧本孤芳自赏，
伊人寸步不移。
回音偷偷静止，
大幕悠悠从之。

无声风景，

谁赋新词？

彼岸钟声

群青勾月，
白鸥追雪，
西洋东风，
冰清玉洁。

星空静静浮现，
列车匆匆行远，
仿若分身幻门，
倒映时光胶片。

只我孤海轻舟，
悠然漫步唐楼，
霓虹深处，
独享新愁。

天龙寺外

何来天籁之音，
暗夜凄凄弦琴，
通宵默默等，
自始追寻。

空对百味千金，
星光切切清吟，
彩蝶纷纷醉，
飞落湮浔。

南渡江头

幽风唤朝阳，

黎母汤汤，

登楼苦忆少年郎。

一湾海，一城伤，

琼山万绿黄。

燕归红云处，

孤影彷徨。

露台

青砖石瓦遮天，
细雨槟榔相怜。
波涛卷昏月，
不与芭蕉安眠。

渔者独自呜咽，
静夜沙洲廊前。
匆匆赴明日，
对饮华灯无言。

灭点

终于，玻璃燃尽了烛光，
苦酒亦随秒针流亡，
震耳音符，
焦躁而惊慌。

昏沉的密室，
陌生的脸庞。
还有那片空心约誓，
弥漫断墙。

希望最后一曲，
寻回旧日新妆。

桃源书屋

风铃轻入梦，
喜鹊正喧哗。
书香古墨多潇洒，
倾耳人家。

暖阳追鸿雁，
推窗嗅桃花。
去年冬霜不知冷，
今春世界落寒芽。

凡尘三百里，
一盏清茶。

金水门

异域大王棕，
追风绿皓穹。
北国春雨，
南疆幻文虹。

白沙细浪蓑翁，
金水泛舟顽童。
即时逍遥梦，
清泉碧芙蓉。

冷餐

黄昏离散曲，
过客时光轴。
故人何为饮孤餐，
千愁万斛。

都市清新目，
街灯伴冷烛。
一缕飘香入心头，
恍如幸福。

金杯换美玉，
烈酒生迷局。
梦里长安，
神游西蜀。

二楼驿站

昨夜星海悬钩，
清晨雾雨松楸。
门前寒食酒，
屋后无声流。

风筝失落旋沤，
回首云端阁楼。
必安君？无救子？
泥絮红尘不休。

十页春夏

幻海云丘，
雨落浪头，
离奇魅影，
浊月无钩。

流光烂漫，
往生不返，
若然千尺高楼，
欢笑春风散。

太上忘情，
孤子别卿，

若然烟花翠柳，

飞霜伴清明。

死水枯竭，

星空残缺，

远处人间，

余音凄切。

丁酉·谷雨

浴火仙风，
焚香夜浓，
故园繁花祈雨，
乐土不相逢。

古巷卑躬，
岚山雾虹，
仰望青山阡陌，
银杏待秋冬。

何时返故里，
白玉彩云中。

六号码头

去日嬉笑天真，
来年永别纷尘，
即刻晴空雨，
曾经落心魂。

冷烛戏黄昏，
微风送路人，
逐浪流光泡影，
明珠不夜清晨。

五月序曲

故土新根，
林荫破门。
《雨花缘记》止，
单车踏旧痕。

转弯之后，
屏风路口。
暮色倾城，
炊烟素酒。

夜雨将击，
无家寻觅。
独唱远方歌，
微笑伴霜笛。

黄亭子

数载远尘欢，
流水封坛，
黄花不舍叶斑斓。
忘忧土，飘零木，
曾经踏雪还。
五月清风乱思服，
一笑浮云间。

神游彼国

一珠细雨拂尘，
二渡苍海失温。
三番冬夏尽，
四季土清新。
五色仙花落凡门，
六盅美酒忘时辰。
七彩天宫醒目，
八方不见伊人……
九公游我梦，
夜半镜花魂。

古泉

九霄万里星池，
八度天涯竹枝。
七音长相守，
六尺舞新姿。
五常落马未有期，
四海孤舟望东夷。
三重青山碧血，
二幕玄黄迷离。
一夜哀歌笑，
寒泉尚依稀。

午时三刻

昨夜东湖乘月，
骑楼泡影云缺。
半载逆光舟，
痴人正挥别。

今朝犹喜悦，
骤雨群山叠。
芭蕉戏水无休，
正午椰风凛冽。

三岁的天梯

不够时间叹息，
在斜阳渐退的门厅，
穿梭的母子低声抽泣，
迷路的单车骤停。
转向，
一霎轰鸣。

红云独醒，
眺望，那千疮百孔的孤城，
沉默的老宅空心自在，
盘旋的扶梯依旧无形。
回首，
一晌心冰。

佐敦之左

没错，有些朦胧，
乌鸦同喜鹊一字腾空，
仿如童年遥望的九龙城寨，
天旋地转，迷失东风。
擦肩，交汇，
不知何从。

驶向远树青葱，
年迈的官涌渐露新容，
恍若未曾填满的贪婪世界，
碧海翻腾，日夜癫疯。
南山，北月，
不再相逢。

小村

淮水悠悠，
青山之丘。
斜阳欢声笑语，
鱼米化乡愁。

锦瑟长忆，
诗书伴舟。
夜阑清风素影，
佳期待晚秋。

七彩棋盘

落子无声平凡，
天圆地缺怎堪，
无为垓下曲，
圣者入江南。

红橙晓月沉酣，
黑白囹圄贪婪，
朝阳草，夕阳树，
末路湿了青衫。

南塘

当空一抹如血，
切破明镜纯洁，
不古荷塘，
二泉映月。

谁来共享哀咽，
盛夏东林独阅，
宋影昏黄，
梁溪藏雪。

孤身等故人，
无心折柳叶。

梦客蓉城

宽径，热浪，几株凋零花，
窄巷，听霜，天泉戏翠芽。
有客洪门过，
轻风隐朝霞。

孝怀书，多不识，
子美去乌纱。
昭烈难入世，
达夫无涯。

空楼，独宿，云游路人家，
竹叶，翻腾，醉梦饮寒茶。

绿屠

紫藤相织，
珠帘玉石，
还有重光弥留的旧世离愁，
连同你一样的今生苦涩。

大幕，徐徐在街灯尽头，
瀛台，寂寂于落日金瓯，
踱步三尺，
方知人鬼川流。

登多久，
你我可晴空憩息——
明月锁舟。

不过鲤鱼门

没有烈焰狂烧，
只有群帆轻描。
曾经巨浪礁石，
早已微波浮漂。

没有"偷天换日"，
只有"海阔天空"。
高歌一生骄逆，
低语青春朦胧。

如果和风习习，
如果，可以呼吸。

此页有日

涓涓数滴，
宣统年间的黑云，
傲慢着，同大地争食，
与金风笑贫。

巧言令色，
迷惑嘉宾。

角楼中——
书不静，墨湿巾。

皇天去了，
旧日如新。

魔术城

天圆万尺虹，
古木青葱，
伊人雨露易凡容。
寻不见，却相逢，
青丝烦恼终。
假面倡优戏花烛，
粉墨卑躬。

黄灯

轨道一根根呼啸穿城，
莲香一缕缕黯然回升。
马达一阵阵爆发，
前尘一幕幕归零。

踱步半室豪庭，
铁窗半夜摘星。
听半晌遗曲，
隐半生安宁。

快进中元

茉莉为他而香，
秋叶为你而黄。
斜阳为我而沐，
白露为谁而霜？

那布衣悄悄远航，
这千金瑟瑟惊慌。
大地随波而绿，
烟花入土而亡。

铁门

野火炊烟，
斑鸠入眠。
走马梧桐处，
心声述流连。

桃园已过，
阡陌蜿蜒。
朱楼浦月，
闭目青天。

三江一座，
辗转从前。
待到寒冬日，
冰霜亦新鲜。

十三摄氏度

四季总难留，

而立清秋，

星云不语葬西楼。

黄金叶，落霜愁，

寒梦亦无休。

雨花明月天堂雪，

绿水半生流。

听香

——致我未曾见过面的祖母

陌室修先，

黄花入田。

古墨书香散黑白，

桃李饮清泉。

从容逐年，

失色青天。

孤为往圣继绝学，

独作汉唐言。

衣冠泣血，

此世心牵。

明德春晖暖，

来生秋夜缘。

序幕

还有和风送暖，
亦有余墨清婉。
还有春草人间，
亦有风筝眺远。

而红叶孤芳，
怎堪迷乱。

未有旧梦难别，
不见残花如雪。
未有暮色遮天，
不见匆匆九月。

而大幕之中，

仍有佳节。

余光

.

已是越来越浓，
余香九里，
割破阴空。
星灯如萤虫般忽闪，
似为悲秋而动容。

瑟雨稀疏跌落繁华之中。
微笑着摧毁失忆的花丛。
那街边少年沉默许久。
怎还不见？不见月圆枫红。

天台绿洲

有些恐怖了，
偷偷发现我的生命，
仿佛只剩下这区区七楼。
从清风袭夜，
到梦影深幽。
崎岖翻转，
轮回尽头。

继续离奇着，
时针逆转她的生命，
竟然也困在这微微绿洲。
从亭亭玉立，

到背影佝偻。

拨云执手，

圆月中秋。

冒失

突然就模糊了，
可惜碎了镜片。

遥知冰川万里，
只需寒刀一线。

仅仅两个时区而已，
偏偏难跃荒野飞尘。

我在中原困顿，
她于边境容身。

转眼又清晰了，
变幻仓促，轻扰心灯。

这座黄昏山谷，
是重生，
是归宿。

天堂一秒

微微遮掩双目，
切切燃尽冰烛。
隔世满庭芳，
凄凄为君读。

不知宵雨一番，
不问梦里秋寒。
千城化沧海，
不过此巫山。

胡辣汤

宇文的硝烟，
独孤的芳年，
长孙的饥饿，
拓跋的陂田。

北雁三迁，
未央失言，
哀道，哀道，
故国的仙园。

贞观的泥丸，

永徽的青川，
神龙的寂寞，
天宝的心酸。

南燕冲天，
跌落含元，
莫念，莫念，
芙蓉的丹泉。

白雾

独坐莲花祈雨前，
云游细雪纷飞后。
儒风未蛮左，
百家争间右。

远行不多时，
格物难致知。
心生憔悴，
寄语瑶池。

悠悠情愫，
灵眸凄楚。
汝当之——
见字如晤。

幻彩零丁洋

一座观音，一抹鬼影，
丰碑也曾清静。
你走得如履薄冰，
他来得醍醐灌顶。

深海女儿香，
雪山白凤凰。
划过了十月初五，
熄灭了神圣星光。

半粒花枝，半生孤食，
妈祖也难耕织。
他生得如此惊慌，
你死得何等飘逸。

讲台

茅屋慵懒于后院，
广厦冲锋在前庭。
一群倡优如约而至，
道貌岸然，夜半心惊。

三尺光环下，
山河万事兴。
不论经天纬地，
或是怙威肆行。

开口青云上，
秽史留其名。
几位君子绝裾而去，
寒江钓雪，孤苦伶仃。

空腹

谁在深宫殿堂烹子献糜，
谁又流落荒野望梅自欺。
谁将惊弓射入黄土，
谁用磷火擦亮淤泥。

他的背影冷静而安逸，
她的双眸躁动而焦急。
它的饥饿不知所终，
它的余生停止呼吸。

饱腹

食过滁河雪，
嚼断羽山叶。
梦客饥寒，
蛟龙合欢悦。

渔者沧海覆舟，
遗孀深宫倚楼。
八珍五味，
云雨夜光囚。

大雪·无雪

夜阑，风影，梨花飘，
晨语，问月，广寒谣。
仙罗指引仙媛处，
入世冰清醉云霄。

鹠鸮鸣，也难静，
漫天幻象当空醒。
曾经待字弱冠人，
今日三江望五岭。

今日，烛光

那时，你生下恶鬼吸血荼毒，
癫痫一世，诸瘟沁漉。

哀怨，深红，扬子江，
疑为丧钟鸣夜曲。

三十万，无声炼狱。

此刻，你嫁了僵尸人间妄语，
礼崩乐坏，微笑窃取。

风清，不惑，我的家乡，
异域天堂落飞絮。

八十年，阴霾不去。

快速眼动中

漫步走廊中央的流光溢彩，
模糊失焦的面孔无处不在。
他们这般年轻，那番感慨，
一拨接一拨，
徂颜未改。

聆听小院重生的大学中庸，
浪迹天涯的少年自若从容。
他们孤海泛舟，不思何从，
一浪盖一浪，
转瞬皆空。

昭明锁

烈焰倚红楼，
胡月幽忧，
三城一日汉水流。
隆中怨，夜行舟，
钟鼓断乐囚。
岘首田间承灰木，
唯我不云游。

独木橇

天地缠绵，
他乡迷倦。
梨花飞舞谁家，
长夜风云变。

白日周公，
冰封韶苑。
一路欣喜暗香来，
不知钟声已太远。

小偷

看那满目疮痍，
听这生死相依。
享尽繁花似锦，
劫获半缕灵丝。

一步一分离，
见字无限期。
顷刻，
你已堆金积玉，
我却荒野失迷。

寒水乐园

哮天犬藏身云顶芳丛，
小白兔蜷缩缝隙之中。
苍原狼往生极乐，
华南虎入梦纱笼。

从不干涸的湖泊，
被秋千搅拌了浑浊。
那个孩子睡眼惺忪，
望向旋转木马，霓虹闪烁。

闹钟

摇曳黎母之滨，
天后驱散了浮尘。
椰林沐浴着阴影，
举目无限艰辛。

等待摘遍星辰，
在这静止的黄昏。
云楼封锁了山角，
何来明月一轮。

剪

仍有稀疏几排，
如白兰花开。
嗅着二〇〇六的纯洁，
吐着二〇一八的尘埃。

总是别出心裁，
儿童奔跑长街。
一夜夜繁星飘落，
囚禁了玉宇秦淮。

神州四季

青川杳渺，
万物凌晓。
旧梦夜暖寒床，
烟雨人间扰。

春雷惊涛，
山河独好。
草木悠悠清吟，
五谷千斤少。

南风初沐，

田园多福。
繁花四野飘香，
今宵麦浪熟。

咫尺星光，
天涯蝉宿。
荷塘白日当空，
太上显鸿鹄。

紫气周游，
即日丰收。
凉风切切将袭，
明月落乡愁。

潇潇玉露，
重九金秋。
遥看漫山红叶，
冰清霜满楼。

天地缠绵，
苍茫一片。
梨花飞舞谁家，
长夜风云变。

松柏青葱，
冰封韶苑。
千里暗香来，
江山无限。

九段下

老夫的虔诚，
少妇的坚贞，
孩童的迷惑，
鳄鱼的哭声。

一座阴冷的凶宅！

唐与宋的传承，
日与月的荣升，
菊与刀的虚伪，
人与鬼的图腾。

一个奸笑的狂贼！

丁酉 除夕

宛如幽芳，
静默思量，
梧桐摇摆，
零落韶光。

诗语斜阳，
遍地家乡，
雨花掠影，
纷扰云房。

旧院新妆，
雪没瑶塘，
花火声声碎，
福满春江。

同学

我听我的山阳笛，
你翻你的万年历。
他数他的压岁钱，
谁寻我们无踪迹?

春雨不过今夕，
流阴封尘回忆。
踏浪单车飞速穿行，
身旁烟火自熄。

行走　元宵

星雨几时休，

十字街头，

笙歌走马独自游。

花灯影，玉带钩，

千家万户侯。

谁与天宫争良夜？

一笑晚晴楼。

不过河

红车独霸乌江，
黑马孤守难防。
残卒翻山越岭，
飞象黯然神伤。

越战越惊慌，
变幻无常。
何人与我同去？
不过棋纸一张。

饮茶时间

雪暖风馨，
即刻安宁。
清泉喃喃自语，
追述前世功名。

器不存，道不复，
无人倾听。

一盏三更，
饮者永恒。
逐个逐个——
向死而生。

封条

逐渐升温，
在善恶交替的时辰。
黎明忽略了流亡者，
春风吹散了玉清人。

入木三分，
挥洒自如的虚文。
枯枝蹂躏着繁叶，
繁叶封锁着心魂。

何必扭转乾坤，
一扇锈迹斑斑的洪门。

吴松街一七三号

与昨夜相逢，
随今日匆匆。
在盛夏光年里，
在快速眼动中。

几片模糊的楼宇，
一座失忆的迷宫。

穿云破雾，
不见真容。
呼叫着前方出口，
惊醒了枕边闹钟。

二月十九　寒食夜

在等他来?
可知阴风阵阵、无色花开。
这无常的勾魂雪,
心心念念,
搜索着,搜索迷路的冤骸。

莫等她来,
不知春寒瑟瑟、今夕谁哀。
那遥远的都梁阁,
忽隐忽现,
遗忘了,遗忘来世的尘霾。

此处留白

听不清，
是浮音未改。

看不明，
是烟花粉黛。

三尺梦，
有冠盖如云。

十里亭，
无倡优失爱。

妖冶星光，
迷离幻彩。

醉舞村姬，
千金幸待。

别了，
不睹为快！

屏风

春日思秋，
袭来末世的温柔。
那束剪影神秘而高贵，
这阕孤音悦耳而深幽。

恍如千丝秀发，
零落山野朱楼。
一举一动，
不去不留。

轮回这梦幻插曲，
重生了枯海之舟。

幻灯片

一夜迷离一昼醒，
此时独享那时欢。
红衣锁红线，
伊人在云端。

古城三千尺，
已是桃花残。
流金岁月不相识，
几番烈日几度寒。

发条

三千烦恼丝，
飘逸不多时。
圣地烟消云散
人间梦影依稀。

巧取亦豪夺，
匆匆又一拨。
忧在冬月之初，
美于夏日之末。

向北而生

从未发觉，
此水这般浑浊。
鱼儿惊恐逃亡，
不顾街灯闪烁。

从未发觉，
此恨无常寂寞。
看遍往事随风，
风中幻影斑驳。

不知不觉，
长梦相托。
从渤海月升，
到秦淮日落。

迟到

惊慌，惊慌，
惊起初夏的朝阳。
一路狂奔痴心无限，
一卷菲林遗落风霜。

十字街头，空空行囊，
仙人指路，路在何方？

彷徨，彷徨，
沉醉喜悦的忧伤。
我听着迷幻的夜曲，
你嗅着迟到的芬芳。

寻人启事

连昏接晨，
郁郁纷纷。
望左，望右，
漫天虚文。

无故无亲，
乐贱安贫。
往前，往后，
不顾艰辛。

神游此处，
侧影谁人？
一颦，一笑，
清雅绝尘。

隧道

剪断半支雪茄，
燃烧一杯清茶。
云里雾里，
拨开七彩朝霞。

南江落尽寒芽，
北海永生繁花。
风里雨里，
相伴一世天涯。

拼图

游荡，游荡，
总是莫名前往。
零丁洋上过尽千帆，
慈云山中红尘万丈。

璀璨星光，与谁同享。
一湾清溪，默默惆怅。

流淌，流淌，
均是别来无恙。
看这五彩缤纷，
终于快速成像。

毕业

有恒星陨落，
有铁树花开。
有深情远去，
有美梦归来。
有风有雨有尘埃，
之乎者也，呜呼哀哉！

无松柏常青，
无梅兰竹菊。
无故土欢歌，
无他乡别曲。
无影无踪无归宿，
天之不存，地亦不复！

寻梦雅言（一）

一章一章，
化为乌有。
一页一页，
难分左右。

亦步亦趋，
从容开口。
一醒一痴，
满面污垢。

一字一句，
幽幽魔咒。

一顿一停，
沉默良久。

南渡衣冠，
成王败寇。
半壁江山，
寂寞孤守。

寻梦雅言（二）

诗云语云，
东施效颦。
长安凄切，
洛阳悲辛。

他曰你曰，
古韵将歇。
言之无文，
文亦残缺。

故国新根，
崖山如铁。

大漠失温，
苍狼呜咽。

和光同尘，
鞑虏终身。
胡音不灭，
仁者何仁？

寻梦雅言（三）

西怨东征，
独坐愁城。
巴山夜雨，
静默无声。

红尘陌路，
但君如故。
悦耳佳音，
苍生难度。

世事纷扰，
豪情未了。

举目临安，
天堂一秒。

百代过客，
风云不测。
梦醒时分，
天地永隔。

遥遥四千里

有始有终，
跨越一抹胭红。
幻彩香江两岸，
幽幽夏夜鸣虫。

有始无终，
穿越慈云山中。
红色小巴惊慌闪躲，
崎岖末路何去何从？

无始无终，
左右相逢。
在千里之外，
在万尺阴空。

回旋都市

穿过百米天桥，
落鹰窜入云霄。
熙来攘往，
烈焰逃之夭夭。

广厦风雨飘摇，
华灯寂寂燃烧。
凡来尘往，
一行千里迢迢。

坐天观井

山野温馨，
玉露盈盈。
前王今世难入世，
草木亦无情。

诸子唤神灵，
往圣衣裳轻。
逆子权威君为贵，
天下谁平？

圆规

断桥于此相接，
呼啸电车两列。
老友家亲，
依依惜别。
从晨光无限，
到残阳如血。

迷失荷塘柳叶，
周遭幻影重叠。
一圈一圈，
时光凝结。
看天圆地方，
观众星陨灭。

墨镜

霓虹灯下起舞，
夜光杯中哭诉。
车水马龙，
恶棍衣冠楚楚。

子时丑时寅时，
天知地知鬼知。
人间乐土，
必安姗姗来迟。

诸君悠然自得，
不顾风云不测。
冥冥之中，
前方一片漆黑。

南天门

看，
尽头，
繁星愁。
华灯灿烂，
万物与君休。
里程不再存留。

听，
遍地，
秽言起。
语出惊人，
千般无奈矣。
回首人间儿戏。

荒凉一梦

恍如某个时候，
周公一声怒吼。
那刻，无所求，
浑浑噩噩，迷失左右。

头上断线风筝，
脚下危楼百层。
此间，无所惧，
披荆斩棘，绝境逢生。

踱步心斋桥

男人躬身行礼，
女士虚情假意。
匕首藏于心中，
烟花碎了裙底。

一片巧伪趋利，
何来沾沾自喜。
此刻汉唐残风，
不过笑柄而已。

东西二条城

匆匆又一程，
御所哀鸣声，
衣冠禽兽长安礼，
汉马胡绳。

朽木葬丹青，
亭院幽冥，
东出游魂西入鬼，
乱了二条城。

月·灯·南

飘落小池中央，
鱼儿四处逃亡。
忽明，忽暗，
徘徊梦里苏杭。

那枝枯叶含霜，
这束孤烟幽长。
似真，似幻，
疑是圆月故乡。

迷魂汤

那个时代逝去了，
留下一些动人的曲调，
更有，青山、瀑布、花鸟。
看这勃勃生机，
却是回光返照。

这个时代抽泣着，
汇入一片陌生的湖泊，
只有，阴风、哀怨、浑浊。
仰望万尺高空，
竟是群星闪烁。

那束光

你苦苦挣扎了一百零七年，
血染残阳穿破了青天。
此山非彼山，此岸非彼岸，
仍有梅香阵阵，坠落万丈深渊。

你默默隐居了四十七年，
西风凛冽吹散了家园。
此门非彼门，此路非彼路，
只有红尘滚滚，望尽弥漫硝烟。

夜下收容所

他偷偷打开此间密室，
昏暗角落阴冷潮湿。
有闪闪白银千斤，
惶惶不可终日。

他悄悄躲进此间密室，
天旋地转幻影交织。
那幽幽磷火缠身，
迟迟难以自熄。

苑记　怨祭

走近这间消失的面馆，
晨光和蝼蚁向我召唤。
门前过客步履匆匆，
屋后闲人行动迟缓。

徘徊这间消失的面馆，
金砖玉器眼花缭乱。
左一群西装革履道貌岸然，
右一片庸脂俗粉流连忘返。

穿过这间消失的面馆，
夕阳和尘土与我相伴。
柯士甸道车水马龙，
白加士街烟飞云散。

皇后

来自黄河的巫师，
来自淮水的住持。
漂流长江的断发，
沉睡南海的宗祠。

风平浪静，
隔岸追思……

哪有行朝的玉玺？
哪有诸子的深衣？
没有流亡者的权杖，
只有亚细亚的孤儿。

黑白信纸

那是个关于邮票的年代，
课桌前的你，
无知无趣也无爱。
他的回音，何时到来？

那是个还能写字的时代，
黄昏后的你，
无休无止也无奈。
她的烦恼，由你打开。

飞鸽雨中逝，
孤影远尘埃。

一山一城一湾海，

无声无息无处埋。

不羁少年，徂颜未改。

也是个充满理想的年代，

日记中的我，

有诗有梦有情怀。

楚囚

弯刀野马踏征程，
无色昏烟几度生。
乱世宏图梦，
煤山惹神灵。

谁无百年运？
飞沙千里行。
古道山呼夜郎主，
零星鬼火望丹城。

赶集

一道道铁丝网，
高耸星空万丈。
围城内的仆人，
卑微而高尚。

一条条千步廊，
交织沃土中央。
边疆外的主人，
跋扈又猖狂。

缦缦卿云上，
一缕百合香。
林杞之下，
尽是纯真的脸庞。

半页

翻开了，

你的寒冬日记，

即将道别青春下的华丽，

还有杳无音讯的旧邻。

而那些自由自在的飞鸟，

已醉卧枝头哀声自语。

沉睡吧，

在恍如隔世中，

在璀璨斑斓里。

陷阱

如烟火一样，
散落虚无之中。
有梨花翩翩起舞，
迷惑着枯叶梧桐。
望月，无月，
几道暗淡的霓虹，
谁在这里偷天换日？
谁在那边步履从容？
殊不知，
他已埋葬了盛夏，
你也欺骗了寒冬。

冷烛

烈火难熄，
晴空霹雳！
我在你罪恶的源头，
凝听家乡的警笛。
道顿堀里翻腾，
扬子江中悲泣。
烛光，追忆。

朗朗乾坤，
凄凄冤魂。
我在和平的彼岸，
抚摸战乱的伤痕。

三十万，无声哀叹，

八十一，泪雨纷纷。

挥洒，遗尘……

游走神保町

迎着纷纷落叶召唤夕阳，
神田小路通向何方？
百尺长卷漂流脑海，
千年唐曲回荡耳旁。

沿着平川门外寻梦苏杭，
前人栽树谁人乘凉？
遥远的夔龙礼乐，
失忆的班马文章。

游走，
穿过诸子学堂。
一排排华夏经典，
一阵阵古墨书香。

开饭

冰花，

房檐下的冰花，

忽闪忽闪，

挡住都市的繁华。

尘土编织了梦境，

炊烟拥抱着晚霞。

一桌好饭，

几盏清茶。

喧哗，

屋顶上的喧哗，

时隐时现，

穿破小院的篱笆。

儿童挥舞着枯叶，

老者修剪了新芽。

祖祖辈辈，

山里人家。

分界线

万马踏钟声，
烽火连城，
张弓搭箭血翻腾。
崇祯殒，崇德兴，
鞑虏天下平。
山海雄关在，
遥叹今生。

半醒

即便如此，
心语难知，
观残阳悠悠瞬逝，
奈何几时？

孤入梦境，
弃舞独姿，
闻山雷阵阵怒斥，
忽意决辞。

如此众生之态，
何来怪异幽冥声势，
岂是痛绪——
袭来迟。

反光镜

冰封大地，

雪落心头。

从前的湖光山色，

在未来的风中滞留。

迷路的四季钟摆，

飘向梦幻仙洲。

她转动回旋木马，

他松开五彩气球。

他们忙忙碌碌，

她们喋喋不休。

一圈一圈，

时光倒流……

流连东海岸

黎母悠悠荡荡，
夜船来来往往。
南国家园，
别来无恙。

热带冬风，
轻扰慵懒的渔港。
璀璨星辰，
凝视逍遥的海浪。

沉醉，不思归，
漫步椰林大道上。
闻着彼岸的芬芳，
追忆青春的迷惘。

重览《清明上河图》

香水横琴，
若水茗心。
先王点汤击盏，
诸子醉狂吟。

日月同辉，
繁华万里。
共享美景良辰，
何处风云起？

冰封四季，
天地正气。

望尽绝世江山，
无限追思意。

北风凛冽，
南海飘雪。
胡虏八百年，
丹心不灭。

昨夜记梦

人海茫茫，

无比眷恋的地方，

彩虹带我翻山越岭，

回到狮子苏醒的时光。

失忆大道迎来送往，

皇后码头尘土飞扬，

千家万户，

隔海相望。

那一头心声泪影，

这一边夜雨击窗，

伴随新春旧梦，

幻彩香江。

飘又漂

入室换新衣，
推窗夜鸟啼。
远望秦淮千秋月，
空山渐迷离。

蒙雨踏春泥，
死水泛涟漪。
魂归王谢桃花雪，
此梦有佳期。

粗线条

"嗖"的一声，
列车飞速穿城。
随着乌烟滚滚，
踏遍丘壑纵横。
千里之路，
石火风灯。
忽一阵倾盆大雨，
唤醒了草木重生。

三月追雪

全是都市的气味，
炊烟被烈日烧毁。
看不清这鬼魅家园，
谁又与谁在此相会？

又是梦幻的轮回，
黄土将樱花送归。
凝视，这漫天飞雪，
遥望，那故里寒梅。

雪之下　镰仓

手持竹筅的工匠，

身着吴服的姑娘。

街灯伴月，

玉露无霜，

一座隐身山野的茶房。

宣和主人的忧伤，

异路行者的天堂。

兔瓯出浴，

雪戏金汤。

一阵来自南宋的飘香。

今日

云前一抹红，
山海之中，
夏日秋爽伊人哝。
寻南北，问西东，
一步一匆匆。
咫尺三千里，
梦幻芳容。

雨后广寒宫，
倒影梧桐，
冬夜春暖尘意浓。
良辰酒，醉星空，

一世一相逢。

从此桃源在，

与你而终。

作曲：尹相涛

编曲：杨一博

演唱：张夏悦

往日

我喜欢这日子，
看似清澈，
群香融合，
轻荡着时光最初的羞涩。

我钟爱这日子，
入似朦胧，
出无瑕污，
独藏着之后的归路。

我孤恋这日子，
苦忆长久，

幽思多时，

无视后空苍穹逐步生锈。

这日子，

浓入昼时，

轻扰夜后，

却无丁点烦忧。

这日子，

俗中诠释，

过眼烟云，

无能融入所有剩余瞬时。

而这日子，

沉如引力，

深如赭石，

令周身奋力为其所痴。

所以，

一切未来思绪，

刻留此日。

宣和乙巳　未死

山中一把弯刀，
城外与子同袍。
记住它的样子，
独闻一夜松涛。

天南地北，
热浪寒潮。
天翻地覆，
作怪生妖。

那是何方哀嚎，
声声追入云霄。
忘了它的名字，
孤胆一世飘摇。

西门牌坊

三十八度，正西，
远去了纸醉金迷。
在水巷深处，
几对爱侣攀上圩堤。
天堂鸟窃窃私语，
天后庙香火稀稀。
来来往往，
异乡者愈发顽皮。
男人挡住椰风的归路，
女人切开妈祖的绒衣。

侠之夏

梅香已太远，
春光未重现。
柳絮纷飞四月天，
人间雾雨电。

汉马持金刀，
胡车引铜箭。
惊涛骇浪一瞬间，
坐等风云变。

城中村

晚风吹落市井残阳，

三五行人满面沧桑。

举目繁花似锦，

躬身朽木凄凉。

江湖儿女，

摇曳何方？

远观红尘滚滚，

近看钢铁飞扬。

永别了，

那梦里的田园风光。

流水线

窗外东方破晓，
街边万众喧闹。
几个孩童抬起书包，
一对公婆拼命奔跑。
红灯照耀着鲜花，
石油灌溉了青草，
轰隆轰隆，
好一片乌烟袅袅。

令和元年 镰仓行

花涧小町通，
木器多玲珑。
茶语青春东洋道，
孤山隔万重。

阴雨八幡宫，
阁楼怨苍穹。
远眺临安西风烈，
回首霁云中。

柴火

还剩一尺小巷幽幽，
炊烟袅袅溪水倒流。
燃烧着红彤彤的火焰，
翻滚着热腾腾的红油。
好一锅香气扑鼻垂涎欲滴，
好一群夕阳行者喋喋不休。
突然，几辆铲车疯狂驶过，
东南西北，封死尽头，
它们渐渐压平了，
这断墙下的，夕阳绿洲。

更衣

仕子情深深，
公主意沉沉。
匆匆相聚考场外，
潇洒望时针。

一曲唤初心，
花前月下吟。
各奔东西黄粱梦，
青春无处寻。

蓝色笔记本

撕了这页，
任它在囚笼中上下飘摇。
铁窗外的疾风骤雨，
呼唤着闪电把青草燃烧。
留下我五彩斑斓的权杖，
架起最后一弯虹桥。

白色沙滩，蓝色海啸，
淹没那远方的烟云渺渺。
寻回你忘却的万语千言，
筑起一座模糊的华丽城堡。

魔方别墅

不必如此拘束，
蓝天已向红日臣服。
请让我穿破那道刺眼阳光，
默默观赏，祖先的草木。

昔日高堂华屋，
四周残花堆簇。
请让我离别这片天圆地方，
悄悄隐居，另一座山谷。

红色玻璃杯

水温随着日落渐凉，
模糊镜片融化了余光。
饮一杯隔夜龙井，
千般滋味无处埋藏。

红色玻璃白色脸庞，
口中玉露散了清香。
换一杯陈年烈酒，
冰封热血烫至心房。

蜡像

他的一生不算苦短，
云里雾里眼花缭乱。
佛陀与他神游，
真主送他温暖，
上帝随他欢呼，
君子为他立传。
更有成群的万世子孙，
正在四处流窜。

北京游乐园

格外安静，

寻不见云霄飞车的踪影。

两位心事重重的路人，

一艘锈迹斑斑的游艇。

他们驶出龙潭，

漂入儿时的梦境。

波光粼粼，山水相映，

柳叶青青，万物苏醒。

一阵邪风

你这摇头晃脑的电风扇，
挥舞着尘埃越发惊颤。
快藏起你陈旧的面纱，
星河那边已是夜长昼短。

率土之滨换了人间，
普天之下飘零蓬断。
祈祷那轮回的最后新生，
饿鬼修罗一去不返。

你这千疮百孔的电风扇，
仰望苍穹苦苦哀叹。
快扔掉你破碎的灵魂，
对准西洋无声运转。

仰望锡南

徘徊璀璨斑斓的边疆，
遇见鬼斧神工的辉煌。
烈焰燃烧帝国之土，
耶稣沐浴真主之光。

穿梭十字军喧嚣的战场，
摇曳奥斯曼宁静的海洋。
那沉默多年的神秘古堡，
竟是如此的华丽、端庄。

星月之下　爱猫之城

依偎古希腊的精美石柱，
漫步拜占庭的金色尘土，
凝视圣索菲亚这重生之光，
倾听艾哈迈德那神秘乐谱。

它们四处为家，
它们同甘共苦。
在风平浪静的马尔马拉，
在人头攒动的塔克西姆。

一群幸福的精灵，
一个温暖的国度。

街边火

灯影昏黄，
消逝白夜中央。
一排冥冥之火，
燃烧点点创伤。

小巷幽长，
落叶封锁四方。
秋风默默闪躲，
残月悄悄隐藏。

看不清遗忘的脸庞，
寻不见故里的村庄。
流浪，流浪，
迎着尽头的曙光。

应急灯

睁眼,
繁华无限。
星光自在遨游,
霓虹闪耀神州。
狮子山下,
夜色温柔。

闭目,
青天不复。
何处彩云悠悠?
断雨淹没心头。
狮子山上,
海市蜃楼。

"国学"课

你横，我竖，
天无绝人之路。
逃离三尺讲台，
躬身笑迎胡虏。
一纸破败残文，
传遍千家万户。

你平，我仄，
声声穿透南北。
潜入三尺讲台，
昂首翻开史册。
一阵纵情高歌，
独享"千秋功德"。

失控

惊扰了蔚蓝色，

在垂直阳光之侧。

故土新根，

我与秋水相隔。

再见了，狂尘，

悄悄褪去你的青涩。

归隐山中，

静享轻松一刻。

校庆

轻舟饮白露，
马达扬灰土。
莘莘学子逆风来，
留影深蓝处。

月下读书声，
青春难作古。
寂寂黄花入梦裁，
秋霜夜与雾。

闸门

奔跑八公口，
行程依旧。
告别宇治的清香，
迎来东京的腐臭。
列车飞驰，
争先恐后。
留下这滚滚人潮，
木然地疾走，疾走，
匆匆淹没了，
那片混沌的宇宙。

一音成佛

竹林外，池水中央，
时隐时现故国衣裳。
舶来东土，
阵阵尺八悠扬。

岚山下，玉露醇香，
唐音穿透令和禅房。
一声一世，
沐浴千载风霜。

码头一角

不用这么大力，
鱼儿已然悄无声息。
他们跳下木船，
看那海浪肆意敲击。
有人欢呼，
有人抽泣。
浑水湿透衣衫，
流淌离乡前的回忆。

漆咸道南

他踱步青苔上，
听着百川入海的狂妄。
一群候鸟逆风盘旋，
撕裂漫天阴云你争我抢。

她静坐维园中，
捧起圣经孤独幻想。
两只风筝摔落花丛，
头晕目眩布起天罗地网。

他们面朝北方，
痴痴守望。

卷帘门

十月酷暑，
融化满街暍雾。
一排冰冷的铁门，
一阵忧伤的脚步。

物非人亦非，
明珠断肠处。
孤儿沐浴着黑色沙尘，
默默守护那最后一方净土。

北纬二十二度，
重生何处？

小心行驶

粉饰着铜锣湾的歌舞升平，
囚禁了跑马地的夜暖风轻。
纵横交错，
孤海无形。

霓虹继续闪耀这空心之城，
烟花依旧击响那彼岸钟声。
人们撑起金色断桨，
摇摆不定，逆风而行。

一些后人

只不过是个花匠，
卑躬屈膝却欢声歌唱。
红叶落满他的衣衫，
捡起余香同路人分享。

只不过是个木匠，
灰头土脸却风流倜傥。
曾几何时在此重生？
推杯换盏与君子相让。

还是这条幽深小巷，
人潮带走秋夜的迷惘。
暮色镰仓，
别来无恙。

自动缴费

人也在飞，
犬也在飞，
狭长隧道一去不回，
昏山点点余晖。

神也来追，
鬼也来追，
横冲直撞天命难违，
江湖夜夜惊雷。

红磡思归，
湾仔思归，
苦等风平浪静，
踏血寻梅。

离岛浮光

黎明之后，
穿梭你的遗迹信步游走。
踏上与世无争的坪洲，
抛开昏天暗地的诅咒。

寂静东湾，
风景依旧。
前尘影事，
无人回首。

眺望那千疮百孔的中环码头，
在聚光灯下瑟瑟发抖。
还有一座，"青山"，
默默伴随，它的左右。

过棕林

寐魇唤晨曦，

光怪陆离，

南山日夜裹红衣。

天堂鸟，月中啼，

一念一归期。

满城椰香留过客，

心醉神迷。

秘密通道

扑面而来是六朝和风，

心旷神怡摇摆着桃叶乌篷。

几片妖娆的银杏，

一排沧桑的雪松。

两岸孩童嬉戏奔跑，

踏遍金色田野，拨开万尺晴空。

他们浑然不知暴雨将至，

焦急等待，昨日彩虹。

八十二

茶语芬芳，
昭雪飞扬。
行过暮色东洋喧嚣的土地，
拾起花间魔鬼遗忘的创伤。

坠入富士山旁，
翻滚炼狱中央。
魂归故里，
泣血国殇。

回首重生之路，
已是这般狭长。
那些老人逐渐远去，
留下一片寂静烛光。

关闸广场

流放过一些伟大的草民，
逃亡过不少可怜的昏君。
星光下的蝼蚁，
在黄色高墙外，麻木地耕耘。

日复一日，
枯叶逢春。

吮吸珠江口的浮尘，
怀抱零丁洋的余温。
崖山下的烈火，
在纸醉金迷中，散去了芳魂。

一滴

沉入少年的花天酒地，
浮出长者的今非昔比。
落叶因水之名，
挥洒纵横，往来无忌。

退去西方的蓝色洗礼，
归来东土的清新紫气。
冰霜因火之名，
照耀红尘，无限美丽。

归零

乌衣巷，独影阑珊，
十里风霜落水封坛。
流金岁月，
再别烟火人间。

黄亭子，孤枕衾寒。
千回百转一念悲欢，
娑婆世界，
笼罩天地狂禅。

停业

就在此处送你一程，
充耳不闻岁末钟声。
霓虹雨中繁华殆尽，
柠檬树下阡陌纵横。

烟花同你挥手，
黑夜与我相迎。
街头稀疏魅影，
默默孤守黎明。

转身

沃土冰封，
花落窠丛。
夜阑人静，
楼宇空空。

心升皓月，
睹始知终。
离乡背井，
昨日匆匆。

念君如故，
三尺焦桐。
一音幻灭，
梦影重重。

洗春联

涌上心头层层叠叠，
烟花寻遍江南瑞雪。
飘忽不定百年之间，
晚归游子望断山月。

佳节，佳节，
故乡这般亲切。
一晌零落韶光，
重生青春喜悦。

单行道

修行者逆水行舟，
殉教者满面忧愁。
旁观者呼风唤雨，
造物者争论不休。

另一个平行时空下，
众生告别无言山丘。
他们套上前世枷锁，
长途跋涉，永不回头。

中转站

绿草凄凄葬黄花，
朝阳寂寂送晚霞。
春风三万里，
无处落新芽。

停车断桥下，
独自守天涯。
星光散尽秦淮水，
一座空城锁长枷。

冬眠

何来意气消沉，

故事这般感人至深。

当那春雷戛然而止，

可有漫天花火飞落烟浔？

一梦惊心，

夜鸟低吟。

窗外婆娑树影，

带我偷偷拨乱，月下时针。

轻纱·帐

神游煦园中，
姹紫嫣红，
春江好景抚贞容。
长生土，不老松，
昂首唤苍穹。
十里秦淮轻纱外，
暮色朦胧。

通天索

樱雪横塘，
细雨连江。
围炉夜话，
百姓寻常。

春回大地，
血色重光。
南音悦耳，
北乐凄凉。

遥知太上，
一枕黄粱。
孤身入世，
犹可安邦？

底片

雁过瑶池，
不留丁点情丝。
万绿迷失街口，
随着钟声顾影弄姿。

闪亮又朦胧的蓝色玻璃，
在聚光灯下泛起涟漪。
一面群香斗艳，
一面雨落春泥。

心生向往，
静候多时。
谁把山河重新擦拭？
你我不知，天地不知。

护城河

乡间小茅屋，
隐士长驻足。
一江春水逆行舟，
犹唱《佳人曲》。

大内黄金屋，
今上醉心读。
一洼死水叹兴衰，
飞洒《梦粱录》。

半壁图

风雅送遗臣，
断发躬身，
苍天不做引路人。
程朱子，赵王君，
继世抚流民?
一览长河无落日，
俯首叹卿云。

雨中帘

宛若秋霜，

半城烟雨凄凉，

残花落满街口，

已将红尘偷偷遗忘。

我掀开朦胧的纱帐，

遥望那动人的时光。

一杯冰清玉露，

一缕暗色沉香，

还有一团烈焰，

燃化胸膛。

回光物语

梦归，梦魇，梦中人，
一晌幽思空入幻门。
长途跋涉，
彷徨破晓时分。

旧颜，旧物，旧伤痕，
一场悲欢恋恋红尘。
千回百转，
独享无限黄昏。

一炷香

一念，
何以重现？
天地人海茫茫，
沐浴万丈霞光。
方生方死，
岁月无常。

一霎，
难以觉察。
昼夜人心惶惶，
流离暮景残光。
不生不死，
各自远航。

子夜熙南里

一笑浮云间，

沧海桑田，

金屋败瓦月中眠。

祥兴后，夜郎前，

游子叹青天。

南渡衣冠奏胡乐，

重影七弦。

子午线

鹏举望山月，
履善观飞雪。
正气浩然一线天，
从此丹心灭。

载之换人间，
慰亭守忠烈。
暮气沉沉八百年，
不复好时节?

司南

进，

千亩良田，

铁骑固守三边。

一些草民安居乐业，

痴梦缠绵。

你在城门之上，

妄语连篇。

退，

万丈深渊，

众生静默长眠。

一个公民流离失所，

浮梦相煎。

你在城门之下，

哑口无言。

未知论者

切开你那红彤彤的灵魂，
无视菊花海中的介错人。
留下刀光与剑影，
一生浴血而纯真。

撕裂你那热腾腾的伤痕，
凝视莲花顶上的不动尊。
忘却悲欢与苦乐，
三生梦醒又沉沦。

禁区

摇曳多时的神仙眷侣，
在风口浪尖相遇。
他们紧锁颤动的心头，
不忍丢下迷人的期许。
恍惚间，
陈年噎雾微微散去，
彼岸歌声无忧无虑。
他们捧起凄美的芬芳，
坠入星河呢喃细语。

入学式

和光同尘，
日月同辉。
莘莘学子，
携手相随。

百花齐放，
众鸟齐飞。
言之不尽，
何乐不为。

紫金皓月，
岚山梦回。

书香雅韵，
往圣丰碑。

功名异路，
数载寒梅。
前程万里，
衣锦荣归。

都梁阁

淮河水滔滔，
东海浩渺渺。
朗朗乾坤万里，
一览众山小。

骏马踏虹桥，
雄鹰展云霄。
漫漫前程万里，
你我喜同袍。

卿云唤拂晓，
泗州风华正茂。
共上都梁阁，
一睹多彩今朝。

围炉

吾之鹤梦，
道者常奉。
情寄先秦，
心怀赵宋。

卿之醒梦，
有恃无恐。
至爱进忠，
千随百纵。

王之酣梦，
前呼后拥。

肆意兴亡，
请君入瓮。

苦哉乐哉，
痴人说梦。
沧海茫茫，
重生夹缝。

海市蜃楼

悠悠悦耳音，
漫漫九华云。
万间宫阙千百里，
谁人正欢欣。

阵阵刺耳音，
纷纷积雨云。
金梁玉柱无踪影，
寺人泪湿巾。

那年中环

终究是异乡人，
游离在紫荆凋零的时分，
陌生的光影四处流窜，
肆意燃烧迷失的灵魂。
可曾给我留下，
这梦幻的十载青春。

倏忽之间，
皇后不复徂颜，
霓虹化作千层白雪，
静静守望那年中环。
忽闪，忽闪，
游烛夜残，烛影阑珊。

意外

焚香夜读，
月洒斋屋。
绚丽的班马文章，
倒映着狰狞而诡异的媚俗。

几只飞蛾前来寄宿，
潇洒自如，无拘无束。
它们疯狂冲向咫尺之书，
深深坠入那温柔而幽怨的荧烛。

一声哀嚎，
天翻地覆……

仁心梦记

经川上，颓叹孔丘，
碌碌今朝岁月迁流。
红尘客梦，
眺望青春白头。

卿云下，执守庄周，
卓尔不群衣锦夜游。
逍遥一梦，
惯看生死浮休。

弃婴

倚在墙头暗自祈祷，
紫荆望月回光返照。
随手熄灭璀璨霓虹，
幻彩香江不再喧闹。
那人劈开华丽城堡，
登上危楼失声狞笑。

留在山头寂寞奔跑，
狭路追风神魂颠倒。
携手勾绘万尺长虹，
血色香江乌烟缭绕。
那人怀揣新生襁褓，
退下轩阶稽首迎笑。

信徒

深深曲巷月中眠，
寂寂虹楼云上迁。
端坐经折后，
神游太古前。

闹市行僧侣，
边荒列狎筵。
敢问先师何处去，
舶来西土无圣贤。

遗民

子舆煮春水，
子瞻和衣醉。
千乘失君逆风行，
长饮文山泪。

子产云中飞，
子犹难进退。
旧日天君无路行。
摇曳船山尾。

怒水行朝

吾有蓝图一张，
轻描碧瓦朱墙。
怡然自乐，
远望故主新妆。

尔有徒子一双，
逍遥百越霓裳。
朝欢暮乐，
不顾兴废存亡。

天有寒梅一朵，
零落盛夏荷塘。
愀然无乐，
稽首夷俟周邦。

搁浅

黑沙环，咫尺云帆，
椰风拂面横水潺潺。
南来北往，
无视万丈雄关。

白沙滩，隔岸凭栏，
罡风扑面望洋兴叹。
凡来尘往，
踏破一米琼山。

刺客

翻山越岭求功德，
走壁飞檐清君侧。
义士抚忠良，
霞光沐恩泽。

可怜身后名，
字字皆红勒。
一箭穿心四海沉，
胡星汉月永相隔。

白日梦

好一个糊涂的下午，
雷神偷偷封锁异国归路。
草蜢攀上细柳枝头，
迎着西风贪婪啜哺。
帘外微凉，
燕山南渡。
穿一片狐尾椰林，
观几叶芭蕉戏舞。

正音书院

他乡倾耳郢中雪，
故国遨游三人月。
今上不知书，
后生忘英杰。

四海寻中原，
中原拜胡羯。
吴侬软语咏孤舟，
广府豪言诵离别。

半条巷

斋孤忆祖先，
沐手翻戚言。
竹林青瓦琴声远，
流光百年。

昨夜桃花源，
明朝极乐天。
碧海长空追皓月，
美梦长眠。

叠敷遐想

白露吟秋霜，
金陵慨忆长。
依稀旧时重影，
月落南唐。

挑灯击灰盏，
寻梦水云乡。
乍看昙花屡景，
缘起萧梁。

野树

无人剪裁，

在颓垣断壁中静静深埋，

久违的疾风骤雨，

冲刷着流亡的五彩尘埃。

千枝髡截，

可否就此盛开?

无奈，无奈，

紫气不愿归来。

休止符

樱花戏祠屋，
柳叶追阳谷。
一日春光醉人间，
令和享清福。

枕边梦华录，
窗外金莲烛。
一世燕云黍稷情，
宣和饮鸩毒。

画押

梳裹檀妆，
不留丁点铋黄。
匆匆惊鸿一瞥，
淡淡忧思难忘。
彼一时丹青飞洒，
继日香江。

圈中夜郎，
嗅遍异域芬芳。
寂寂星空遥远，
凄凄幻海无常。
此一时风轻云淡，
皓月成双。

旅宴

灰色，无裂痕，
轻轻缠裹绝味芳醇。
烛笼与我推杯换盏，
幻影重重真假难分。

狸奴望月，
皎楼散尽余温。
那辉煌的康庄大道，
只有寥寥数人。

夜走莲花池

曾经不相识，
鹤梦难编织。
五国城外弃君臣，
天堂九万尺。

汴水风寂寂，
艮山雨戚戚。
中都城内望乡人，
俯首吞荆棘。

升格　北部湾

撕开昏昏欲睡的旌幡，
摇橹行船，
夜雨疯狂捧打，
唤醒深秋无尽的心酸。
热带北缘，
冰火之间。
渔者垂垂老矣，
如坐针毡，
祈求明日，明日！
驶向彼岸栖禅。

末代先生

门下有私塾，
夜囚坑儒谷。
一觞一咏《卿云歌》，
夫子异声读。

雪中望鸿鹄，
手捧黄金屋。
长吁短叹《明日歌》，
幼童齐声哭。

钢丝人

他倚靠南云中，
摇摆的身躯疲惫而从容，
好一段通天长索，
悄无声息刺破月下残虹。

随秋风快速眼动，
前方绘满金色梧桐，
唯有故乡的背街小巷，
雾雨重重，人去楼空。

清谈者云

燃烧吧，德先生，
回见了，赛先生。
且看玄风独善，
草木欢腾。

吾等通真达灵，
何故暮史朝经。
但随竹林贤者，
潇洒纵情。

觥筹交错，
幻月无形。
可叹天下之大，
惟此中兴？

虚焦之像

旧日岚山头，
唐音鸭川流。
学子情深深入海，
何以为舟。

同袍吴越曲，
共赏下江楼。
天子归来承万世，
无以春秋。

麋鹿　迷路

有仲尼的衣冠，

有伯阳的神坛，

有商君的烈火，

有一座辉煌的金銮。

有五柳良田，

有飞燕婵娟，

有长生朱雀，

有一缕妖娆的轻烟。

困顿于此，心向船山。

举目沧海，一往无前。

禁止调头

隔山有眼，
窥视这甘甜的沟涧，
多少个锦绣时辰，
绘满了青春长卷。

凝听马达轰鸣，
归土邻近又遥远，
扬尘晃目于光前，
淹没那无边的天际线。

子日

金凤司晨，
残烛化满周身，
看众仙逍遥作法，
贪婪吮吸，这岁末余温。

道别光阴一寸，
寒窗抚慰那慵懒的异乡人，
待清风寻遍莘野，
尔等诗书长伴，永约黄昏。

降落

多闻不识五千言，
猎古游太玄，
风云月露，
潇洒鹤冲天。

春光一尺落中原，
心语桃花间，
敢问师祖，
谁在草中眠？

催眠中

冷月，星中囚，
热海，故人偷。
任青沙，冲积河口，
随巨浪，摇摆方舟。

阑夜无眠，痴心长守，
踏破征途，遗恨不休。
雪已至，春风走，
退三尺，可从头？

新篇

可见初雪，
可见沉睡的苍天，
耕耘，守护，关切，
疲倦的车马不再冬眠。

明朝风景依旧，
冰霜与烈火相连，
喜悦，愁苦，
如是从前。
此页，
仅在文字里，
仅在你我之间。

别来有恙

重逢的日子不算太长，
云里雾里逐格淡忘，
有白鸥擦亮天际，
半醒着灵魂涌入晨光。

北纬二十度，
草木依旧芬芳，
集市，椰林，海浪，
唯独不见，尘封黎母的空空行囊。

此去多时，
别来有恙。

大吉利是

凿开锈迹斑斑的卷帘门，
任子弹环绕那高傲的不老金身，
如烟花般漫天飘撒，
诡异的目光渐渐无神。

十三摄氏度，
破晓时分，
你杀死了上帝留下的守夜人。

忽而忧伤，
忽而欢笑，
只为那蜷缩门口的自由灵魂。

内桥孔明灯

好景三分霜，
青春梦里藏，
流光溢彩，
不渡扬子江。
金蕉叶，四季黄，
百日归寒冰雪堂，
云观孤夜窗。

出路

椰风，秀岭，狐尾青，
酣梦，长生，永夜宁。
一丘一壑，
华月惹繁星。

望南国，偏北行，
昨日弦歌雪中鸣。
犹作安魂曲，
引来故人听。

漫天响

七彩云风醉，
流连不思归。
崇山峻岭银花雪，
即刻相随。

他乡寒夜美，
聚散酒一杯。
灯火万家钟声起，
吉日春回。

铜像

一尊旧皮囊，
寒夜诉衷肠。
往事无声空留影，
浮梦晚来霜。

月下菩提子，
人间锁春光。
和风远渡山阳泪，
郁郁百花黄。

极目梁园

日暮荒川鹤膝枝，
樱飞上野不忍池。
东洋十番乐，
西海六笙诗。

匆匆罗曼雪，
来去几多时。
只待暄风迎春草，
栖丘饮谷送秋思。

跑道

舷窗挂在心上，
紫月随轰鸣悠悠遐想。
彼岸有葱翠群山，
头晕目眩迎接高飞的翅膀。

千愁不解，万绪归来，
直冲云霄深处，霞光万丈。
在我故乡的天际旁，
化作家的模样。

无人观影

独脚寻梦孤单，
留声光影斑斓。
菲林不停转，
魅惑几世纷繁。

引来三两过客，
一睹离合悲欢。
落幕无人散，
共赏夜静灯残。

摇篮

举目秋塘，
春风繁衍夏日冬霜。
好一句星空之语，
唤醒余生，无限朝阳。

拭目吟窗，
轻纱抚慰金色霓裳。
听一夜南国烟雨，
怀中襁褓，寻觅芬芳。

睡吧，睡吧，
随我前往梦中的
鱼米之乡。

鬼舍

梦客他乡又三更，
浮家泛宅也无形。
风沙王孙草，
大漠锁金陵。

燕山断肠处，
朽木化流星。
赢得庄周犹惬意，
迷途宦海落功名。

一七九三

春秋竹书祭孔，
冬夏归蕃朝贡。
夫子无所哀，
浩然千古长诵。

今上睥睨群雄，
今宵独爱昏宠。
孙卿有所怀，
卑躬天下一统。

追光

云水悠悠，
满园春色长留。
举目秦淮昔景，
有飞絮，追赶行楼。

胡月幽幽，
满城风雨残游。
惯看孤灯清影，
有黄叶，纷落玄丘。

又别金陵

碑亭巷口梅花汁，
马道街头雨花石。
六百夜，醉乡愁，
三千繁梦月中织。

匆匆安乐国，
恍恍别离日。
一砖青瓦锁琉璃，
已是虹桥隔万尺。

淇水湾印记

碧海北温怀，
青山万里栽。
椰风和畅夕阳美，
不见游人来。

妈祖怨，天后哀，
紫贝望乡台。
韩祠宋族今何在，
只等后人来。

重逢西土城

星河云上舞，

翩翩醉我愁眠，十六年。

不问永生何处，

有路人，稽首白云间。

夕阳离散曲，

绵绵紫陌寒烟，五十弦。

敢问青春何处，

有故人，回首忘忧园。

长河忆少帝

崖门之侧，
焚山烈泽。
热带冬风，
萧萧瑟瑟。

履善君实，
长眠史册。
可爱蒙童，
青春不得。

狼烟八百，
死水相隔。

可怜后生，
诸夏不识。

皇路无清，
阴阳共贼。
太上余温，
迷心忘德。

今朝如黑，
今夕如白。
吾自"风檐展书读"，
遥想"古道照颜色"。

停电之后

破瑟环缭，
萤虫与我共守严宵，
望一眼天上的街市，
孤灯寥落，夜鸟归巢。

粤音杳渺，
王棕载我涌上云霄，
瞥一眼山中的集市，
华灯渐起，月把君邀。

莫慌，莫慌，
还缺一座，通往天堂的画桥。

鹤望兰

折枝稍剪裁，
极乐春光埋。
飞入天堂及时雨，
无声过客来。

远去浮休海，
花间铁锁开。
安为南国逍雅士，
共享此门怀。

听雨白兰香

荷上珠帘醉舞难歇，
帘中白玉千家咏雪。
六朝仙子斗芬芳，
一只家燕追赶迷蝶。

晚来风雨钟山，
遥望碑亭晓月。
刹那好江南，
烟侣依依惜别。

夜览竹书

卿云万古崇，

星辰语月朦胧，夜鸣钟。

一览尧天舜日，

怎不见，四海春光融。

山河风飘絮，

二十四史何从，夜郎空。

一睹移天换日，

转瞬间，王土秋意浓。

太子不闻

谁在界线街头等候？
谁在九龙城外颤抖？
望左不知太子穷愁，
望右不闻金飞玉走。
千家广厦幻影无休，
一弯新月吞食宇宙。

我在天星码头挥手，
我在圣地亚哥邂逅。
流连彼岸虚渡沉舟，
难忘当空无名星宿。
万家灯火射入心头，
一厢思念婆娑如旧。

迷雾车厢

漫步，向群马心间，
一朝载入草津泉，
鸣钟未扰稀疏落客，
有惊雷，没土缠绵。
悠然追闪电，
花涧令你垂涎，
忆乡思旧，
甚爱芳草芊芊。
足矣，足矣，
旅人何顾从前。

江南隐士

恍如漫游星空的无声子弹，
将繁华万里无情击穿。
尘埃流浪在糊涂市井，
雾满天宫，循迹广寒。

侠之断发飘逸，
静卧寸土悠然。
躬身于具美祠堂，
稽首向宋瑞金山。

轻风暖，
我载满层层心事，
入梦参禅。

草垛

无视异邦夜来风急，
奔向归途自由呼吸。
偶遇三两群氓，
争锋数百村笠。
老者流落山头，
小儿坚守城邑。
枯草矜怜，
犹为野芳而抽泣，
今不见，
无可再渡通夕。

心中的辫子

嗟嘘！
无神者之原罪，
放逐空山永生华美。

荒野茫茫兮，
黎民四季，
不与天君观月晷。

人间渺渺兮，
梏耘失岁，
执饮青铜吞鼠尾。

敬胡碑，邀鬼魅，
戏庸人，人已醉。

风祭

踏破天阶欲焚香，
九歌夙夜长。
商君徙木驱黔首，
西月东阳。

空流转，诉衷肠，
岁末度遗芳。
风中雅祭长河水，
惟我玄黄。

入生田

风行此道，

转角便是汤本桥，

急流驱赶那白衣僧侣，

猖狂撕裂着樱霜、红日和马槽。

也随锈迹深深远望，

迷路的青鸦不愿归巢，

可惜这一湾腾腾热气，

偷偷融化了尺八、太鼓、菊与刀。

雷行此道，

转眼尽是寒江潮。

一字碑

依山久望邻，
水火常钦亲。
闹市酣欢无止境，
华灯数流民。

勾魂草，沦落人，
无字话红尘。
朝来暮去思故里，
野马太平春。

七香轮

看，余波璀璨，
沐浴冰河馈赠之温暖。
若即若离的烟火香车，
翻腾那空山柔肠百转。

听，星语嗟叹，
相拥一梦深情款款。
快奔向寒武纪的多彩春天，
不问前尘，痴心长伴。

饮马巷

去也，

惜君之九弦琴，

雁过东江枯木龙吟。

归也，

长命短如今，

浮生铁马消落烟浔。

天人无应也，

赐我穷林，

梦华泣血锁南音。

安寝，

覆薄衾。

清风犹在，寄语孤心。

黄道

行人无幼长，
车马夺金障。
大道通天锁旌旗，
喧嚣颜子巷。

草野卖文章，
官家皆叹赏。
清风小童不识丁，
沽名何相让。

失聪

竹书赋我寒窗时，
诸子华堂苦求知。
白屋帘，江海士，
修真无上最多姿。

可奈西风早，
斜阳满秋池。
钟声远没千佛土，
久别尼山不思归。

南海一隅

无忧无虑的清晨，
热浪翻腾着黎村。
独居邃野，
不往今人，
登来溪仔浴凡身。

忽晴忽雨的黄昏，
红壤勾绘着遗痕。
群仙结伴，
月上梁尘，
心归沧海做玄真。

司徒拔道　冬

伤了我的酒，
正被她回味轻嗅。
迷乱的残香，
散成那丝最初的温柔。

视过她的眸，
正被我悄悄放走。
颤抖的烛光，
亲吻着寒夜星空的离愁。

而她早已登上，
那片行走的橙色沙洲。
层层凌乱的水草，
融化了滩头。

寒城月影

天河是盛唐的华丽，
昏星是雅宋的旖旎，
竹叶徜徉在月下秋塘，
倾诉着追思之意。

欲行又止，
徘徊这寂静萧条的街市，
在街市尽头的剪影中，
住了一个乞怜，无助，
忧郁的你。

二十四味

旋梯，

星空下的旋梯，

擦亮飞檐跃陶篱。

晚霜不识归路，

送我残灯作别离。

一场秋雨，

百香零落尘泥。

蓑衣，

渔舟上的蓑衣，

熄灭荧烛向云堤。

南翁指引去路，

送我三桠化哀迷。

回甘入苦，

迎风晓望晨曦。

泛黄

黄亭画中缺，
十载青春灭。
长眠难忘忧，
梦醒无心别。

图书在版编目（CIP）数据

慕远/成思著. -- 北京：作家出版社，2022.1

ISBN 978-7-5212-1631-8

Ⅰ.①慕… Ⅱ.①成… Ⅲ.①诗集 – 中国 – 当代

Ⅳ.①I227

中国版本图书馆CIP数据核字（2021）第243139号

慕 远

作　　者：	成　思
封面题字：	管　峻
责任编辑：	桑良勇
装帧设计：	孙惟静
出版发行：	作家出版社有限公司
社　　址：	北京农展馆南里10号　　邮　编：100125
电话传真：	86-10-65067186（发行中心及邮购部）
	86-10-65004079（总编室）
E-mail	zuojia@zuojia.net.cn
http://www.zuojiachubanshe.com	
印　　刷：	北京盛通印刷股份有限公司
成品尺寸：	130×185
字　　数：	84千
印　　张：	11.625
版　　次：	2022年1月第1版
印　　次：	2022年1月第1次印刷
ISBN 978-7-5212-1631-8	
定　　价：	60.00元